今の世の中を変えるには？

ヒデサキ
HIDESAKI

文芸社

今の世の中を変えるには？　目次

はじめに

　私は、今、食品の配達の仕事をしております。この作品は、朝4時に起床し、帰宅九時・十時という日々を続け、約一年かかってやっと出来上がりました。

　大学を出て二十年ほど経ちました。食肉の業界で長く頑張ってきましたが、ある事が原因でその業界を去らなければならなくなり、それからは十数社、アルバイトも入れると二十社ほど職を転々としました。

　会社を渡り歩いて来た中で、いろいろな経営者を見てきましたが、本当に素晴らしい経営者は、ひとりかふたりぐらいしかいませんでした。他の経営者たちは、身内のことしか考えない者、私利私欲に走る者、従業員の事など将棋の駒のようにしか考えていない者など、指導者として全く話にならない人たちばかりでした。政治家や銀行や公務員の間でも同じような事が多々行なわれています。

このような事をいつまでも繰り返しているがために、魅力のない日本になってきているのではなくて、もうすでになっていると、私は思っています。子供たちから見ても、大人たちから見ても魅力のある日本に変えていくには、素晴らしい指導者を多く作り上げていかなければならないと、ずーっと考えていました。

これをどのような形で表現すればいいか、悩んだ末にこのような形になりました。大学の時の先輩、後輩が、交差点で何年か振りに会い、話がはずむという会話形式にしてみました。

御一読のほど宜しくお願い致します。

先輩と後輩

「あれぇー　先輩、先輩じゃないですか。久し振り……」

「えーと、誰だっけ」

「もう忘れたんですか。私、私ですよ」

「私じゃ分からんなぁ」

「まだ分かんないんですか、井上、井上弘行ですよ」

「イノウエ、あー、あの井上」

「そうですよ。やっと思い出しましたか」

「でも随分と変わったなぁ。あの頃はもっと細くて、ひ弱そうだったのに。今は貫禄がついていたんで全然分からんかったわ」

（プップウー）

「五月蝿いなぁ。おっと信号青になっとるがな」

「先輩おさえて、おさえて下さい」

「あぁ、分かっとる。俺の方が悪いさかいちょっと車、横へ止めてくるわ」

「私も行きますよ」

「まあ乗れよ。それにしても、クラクションの音だけは腹が立つよな。今のはこっちが悪いから仕方がないにしても、こっちが悪くなかったらどうなっていたことか」

「あー怖わ。私なんかダメですネ。向こうが悪くてもゴメンって謝ってしまいますネ」

「なんや情けないな」

「だって、まだ死にたくないですもの。言い合いになってナイフでブスッと刺されたら、皆悲しむでしょ」

「そうやなあ、物騒な世の中やからな。ところで、お前これから予定あるんか。ないのならコーヒー飲みながらちょっと話でもしようか。うまい物でも食いながらと言いたいところだが、家で子供と妻が待っとるさかい」

「いいですよ、これと言った用事もないです。私も同様に妻と子供が待っていますから。でも先輩の方はいいんですか。仕事の途中じゃぁ」

「俺か、俺はもう配達も終わったし、ちょうど帰るところだったから……」

「そうしたら、先輩、車どうします」

「そやなぁ、どこかへ止めようかぁ。それにしても、いつも車が多くて困るわ。そのおかげで駐禁の取締りが多くて……、この前も配達の途中で白線引かれてキップ切られるところやったんや。仕事で仕方なしに止めているのに線引くんやもんなぁ。腹立つでぇ。これやから、お巡りだけは好きになれん」

「仕方ないですよ。それが仕事なんですから」

「そんなことは十分分かっとるわ。全く人間味が感じられん。規則、規則って、俺ら生身の人間やで、失敗もすれば間違ったこともする。それを規則で縛りつけてしまうから、まじめな人間までも悪い方へ行ってしまうんだよ。お前、そう思わんか」

「そうかもしれませんネ」

「なんや、それだけか」

「いや、私は直接そのようなことに遭遇していませんから」

「そういう問題やないやろ。まぁえーわ、早よ車止めるところ捜そ」

「先輩、パーキングへ入れたらどうですか。今は、パーキングの値段が前に比べて安くなってますよ。三〇分百円ほどで、学生の頃は、大分奢ってもらいましたので、パーキング代ぐらい私、出しますわ」

「そうだな、それの方が安心だし」

「お姉さーん、コーヒー二つ。宜しく」

「先輩、それにしても先輩は全然変わってませんネ」

「そうやな。学生時代のズボンもまだ入るし、体型はほとんど変わってないなあ。白髪が増えて腹が少し弛んできたぐらいかなあ」

「私はもうダメですネ。運動しないで楽ばかりしているもんで……」

「それにしても、もうあれから何年になるかなあ」

「そうですネ、十年、いや十二、三年になりますわ」

「もうそんなになるか。年の経つのは早いなぁ。でもあの頃はよかったなぁ。それに比べて今は……」

「先輩、急にどうしたんですか」

「いや、お前と会って、ふと学生時代の良い思い出が頭の中を駆け巡ってなぁ」

「先輩、相当に苦労してきたみたいですネ」

「あぁー、でも俺よか今の時代、もっと苦労している人が沢山いると思う」

「そうですネ、バブルがはじけて景気が全くよくならない」

「おーそうだ。景気の話で思い出したんだが、井上、これから日本という国は、一体どうなってしまうのだろうか」

「急に何を……先輩」

「変わった国やと思わんか。というよりも変わった民族と言った方がええかもな」

「先輩、ちょっと話が大きいですネ。そのことに関して真剣に考えた事はないですネ」

「何を言うてんねん。お前、そんな呑気なこと言うとったら、これから先、どうなるか分からんぞ」

「と言いますと」

「今の政治を見ていると分かると思うけど、サラリーマンが現在払っている厚生年金の保険料、受け取る時にはどうなっているか分からんぞ。それに毎年、赤字国債を発行して、これから何十年か先、すなわち俺たちの子供たちが大きくなった時に、日本国が一体どうなっているか」

「あゝそういや、ニュースでやってました。年金がもらえなくなるようなこと。でもあまり先のことだから気にしてません」

「お前みたいな、脳天気な人間がおるから政治家の思うがままになってしまうのじゃよ」

「それは、悪うご座いましたネ」

「あんまり悪いと思ってへんやろ」

「分かりますぅー」

「ところで、なぁー井上。今ここまで景気が悪くなったのは誰の責任だと思う」

「うーん、そうですネ。日本の首相、小泉さんですかネェ」

「そうやなぁ国のトップは、小泉さんだからそうかもしれない。だが、俺は、銀行の経営者の責任ではないかと……」

「どうしてそう思うのですか」

「俺は、経済評論家ではないので余り詳しいことは分からないが、バブルがはじけて企業のほとんどが不良債権をかかえてしまい、経営が行き詰まってしまう。銀行は、債権を回収し始めるが、なかなかスムーズに回収できない。

そこで政府が銀行へ公的資金（国民の税金）を投入する。これで景気が回復すると思いきや、ますます悪くなってしまう。そうなると各企業がリストラをし始める。失業者が増加する。ボーナスもカットされ、給料までも下げられる。高価な物が売れなくなり、安い方へ安い方へと物が動き、デフレ状態になる。

このような悪循環の原因を作ったのが、何を隠そう銀行経営者の責任逃れにほかならない。銀行側が、事実をもっと明確に発表していれば、ここまで景気は悪くはなっていなかった筈なんだ」

「へぇーそうなんですか。それにしても先輩なかなか詳しいですネ」

「あー、少し勉強したからな」

「日本経済をですか」

「いや、そんな大層なことじゃないんだ。何年か前は、俺も人並みにヘソクリということをやっていたんだ」

「へぇー、いくらぐらい?」

「そうだな、百万、いや百五十万、いや二百万……もう忘れてしもうたわ。それよか、その金を増やそうと考えて、株や外貨預金をやってみることにしたんや。そこで日経新聞だけは絶体読んでおかねばならないと思い、電車の中で毎日約一時間読み続けたおかげで、お金の流れがある程度分かったんだ。それともうひとつ、お金にしろ物にしろ、動かさなければそこには利益は生まれない。そのままにしておけば目減りしていることと同じであるということが分かったのだよ」

「へぇー、やっぱり先輩は偉いですね。私なんか、電車の中で一時間も新聞読めませんわ。せめて十分ぐらい読んで後は寝てしまいますわ」

「そんなことはないぞ、やる気やる気の問題や。やる気さえあれば不可能なことは何もないと俺は信じているんだよ」

「へぇー、それで儲かったんですか」

「それがやなぁ、やる前に大変なことが起こってしもたんや」

「何が起こったんですか」

「これは、また話す機会があれば話すわ」

「そうですか、あまり突っ込まない方がいいみたいですネ」

「……」

「先輩、先ほどの銀行の経営者の責任のことですけど」

「どうした」

「銀行の経営者が、自分たちの役割を果たさなかったことが原因でこのようになってしまった訳ですよね」

「あぁー、俺はそう思っているよ」

「自分たちの与えられたことも十分出来ないのに高い給料を貰っている。そんな理不尽なことがあってもいいものなのか。リストラされた人たちの中には、一日に掛け持ちの仕事をして十五、六時間も働き、睡眠時間が四、五時間という人がいるのに、有名な大学を出てエリートと呼ばれる人たちが、自分たちの犯した失敗に対して責任を取らないでいる。反対に失敗もなく、まじめに働いている人たちが責任を取らされる。このような社会を許してもいいのでしょうかね。先輩どう思います」

「そう興奮するな。そうやなぁ、昔からろくに苦労もしないで、地位やお金を手に入れた者は、自分を守ることに集中して周りが見えなくなってくるわけやな」

「ということは、これから先の日本が不安になりますネ」

「もう十分不安になっているわな」

「そうですネ」

「お前、さっきの話の中でリストラされた人の話をしただろう」

「はい、しましたよ。それが……」

「お前の知り合いにそのような人がいたなんて、どういう人なんだ」

「どういう人と言われましても、普通の人ですよ」

「それは分かっているよ。お前が普通でない人と付き合うことはまずないからな」

「どうしてそんなこと分かるんですか。悪い人と付き合っているかもしれませんよ」

「俺は、お前を大学からずぅーと見てきたから分かるんだよ」

「それはどうも。おほめの言葉を頂きましてありがとうございます」

「もぉー、ええから早よ話してくれや」

「はい、そいつは自分と同じ商学部で、S証券へ入社しました。えーと約十年そこで働きましたが、経営陣が株や土地で失敗し、数百人がリストラされたそうです。その中のひとりがその人です。家には妻と子供が三人、それと家のローンが約二十五年も残っている。これから先どうして生活してゆけばいいのか、全く前が見えなかったそうです。一番下の子供がまだ六ヶ月ぐらいなので、奥さんも外へ出て働く事は出来ないと……、最初の三ヵ月ぐらいまでは、奥さんには言えなかったそうです」

「そらそうやろなぁ。そうしたら給料はどないしたんや。給料三ヵ月も入らんかったら奥さん気付くやろ」

「そうです。退職金と自分のへソクリを理由を付けて渡していたそうです。でも三ヵ月が限界だったと」

「でも、その人はまだ偉いと思うよ」

「どうしてですか」

「どうしてって分からんか」

「分かりません。教えて下さいよ」

「今の世の中お金がなくなったらと言えばサラ金へ走る人が多いだろう」

「そうかぁー」

「そうかぁーやないで。ピンとこなピンと……。あい変わらず鈍いなぁ」

「えらいすんません」

「もしその人がサラ金へ走っていたとしたら、もっと悪い状況になっていたと思うな」

「そうですネ」

「それからどうなったんだ」

「えーと、その三ヵ月の間にハローワークへ足を何度も運び、友人の紹介などで職をさがしたそうなんですが、これだけ景気が悪くなり失業者が増えているため、なかなか親子五人が家のローンを払って食べて行くのに十分な給料を得る事は出来なかったそうです」

「それなら家を売って他へでも住めばいいじゃないか」

「それが無理なんだそうです」

「なんで」

「家が売れても、土地の値段が下がっているので、ローンだけが残ってしまうのだそうです」

「そうかぁ、追い金を払わなければならないのか。辛いなぁ」

「先輩、次へ進んでいいですか」

「おーすまんすまん、ちょっと泣けてきてなぁ」

「そいつは、このまま何度も同じことを繰り返していても、いまの状況に見合った仕事は見つからないと判断し、掛け持ちで仕事をすることに切り変えたそうです。その考えで行くと、ローンを払いながら今の生活を維持することが出来る仕事があったそうです。しかし、躰の方は大変きつくなり、睡眠時間もかなり少なくなったそうです。朝八時から夜六時まで事務の仕事をし、そのあと夜中の一時頃まで市場で働く。睡眠時間は三、四時間。こいつもどこまで続くか分からないが、今はこの方法しかないので、『死んだ気で頑張らな仕方ないものな』と明るく言ってました」

「そりゃぁ大変ちゅうもんやないで。まぁ一ヵ月や二ヵ月くらいなら多少の無理もきくけど、ずぅーとと言うのは難しいで。絶体に躰こわすで。間違いなく。人間寝不足になると、いろいろな箇所が悪くなるから。まず胃がキリキリと痛み出す。次に腹が痛くなる。そうすると食欲がなくなり、気分が悪くなるといった具合いに……」

「へぇーそうなんですか。先輩よくそのようなこと知っておられますネ」

「あー、まぁな」

「何か言いにくそうですネ」

「んーん」

「もー、先輩らしくないですネ。もっとシャキッと、シャキッとして下さいよ」

「そうやな、俺らしくないな。分かった言うよ」

「そうですよ」

「実はな、俺もリストラされて掛け持ちの仕事をしていた時があったんだよ」

「うっそぉー、先輩みたいな人がですか。スポーツはバリバリなんでも出来、成績も優秀だし、男前で女性からもモテ、非の打ち所がない先輩が、どうして……。あっそうか、『大変なことが起こった』と言ってましたよネ、それがこのことなんですネ」

「そうなんだ」

「何か大きなミスでもやらかしたのですか」

「そうじゃないんだ。お前も分かっていると思うけど、俺は人が間違ったことをしているのをそのままにしておけない性格だろ」

「そう、そうですよ。そう言えば学生時代にこんなことがありましたよネ」

「どんな」

「私が一年、先輩が二年の時、練習が終った後、四年の先輩が、一年の山口に、いつものようにあれこれ買ってこいやと命令していましたが、その山口がこの時は、体調が悪くなかなか動こうとしなかった。それを見て先輩は『私が行って来ます』と言ったのです。ところが四年の先輩は、『でしゃばったことをするな』と言い、先輩は、『山口は、今日体の調子が悪いようなので代わりに、誰が行っても同じことでしょう』と言いました。すると『俺はこいつに行かしたいのだ、上級生に楯突こうと言うのか』と怒り出し、『上級生であろうと下級生であろうと、苦しんでいる者を前にして、私は黙ってられませんネ。そこまで欲しいのならご自分で買いに行ったらどうですか』と先輩が言って『なにぃー』と言うことになり、取っ組み合いのケンカになってしまいました。先輩、覚えてます」

「あぁー、何となく」

「あの時は、本当凄かったですよ。顧問の先生が仲に入らなかったらどうなったことやら。一時間ぐらい殴り合ってましたよネ」

「そうやなぁ、そんなことあったなぁ。それにしても、お前、嫌なこと思い出させるなぁ」

「あぁ、これは気が付きませんでした。怒っていますぅー」

「ちょっとな」

「良かったぁ、殴られるかと思った」

「なにぃー」

「嘘、うそ、ウソ、冗談ですよ。もう先輩は気が短いんだからぁー」

「これでも社会へ出て少しは丸くなったんだぞ」

「そうですか、自分だけそう思っているのではないんですか」

「そうかもな……」

「それでは、先輩のリストラの話、続きお願いします」

「おー、そうだそうだ。全然話が前へ進んでないなぁ。それよかお前、もう少し小さい声で喋れよ」

「どうしてですか」

「どうしてですかって、あまりにもカッコ悪いやろ」

「えっ？」

「にぶいなぁ、俺の口から言わすんかぁ。他人に聞かれたら恥ずかしいだろうが、リストラって」

「あっ！　先輩すみません。私ってほんとバカですネ、人の気持ちも考えないで、どうしょうもない人間ですワ。生きていく資格ないですよネ」

「もういいよ、自分をそんなに卑下するな」

「次へ進むぞ」

「はい」

「えーと、どこまで喋ったかな……。

そうや、俺はこの性格だから、いつも上司と衝突してばかりいたんだ。当然上司の方が悪いのだが、昔も今も会社は縦社会だから、上の人の言うことすることが、たとえ間違っていてもそれに従わなければならない。周りの者もそれが分かっていても上の者に従う。そうなると俺一人だけが浮いてしまう」

「それは辛いですね」

「あぁ、だから、自分の方から『辞めようかな』と何度も思ったことがある」

「当然ですよね」

「だが、ここで逃げてしまえばまた同じことが起こるのは目に見えている。そうなると、ここで働いている者や会社そのものが進歩しなくなってしまうと思ったので、なんとかこの悪い体質を変えることは出来ないか、と自分なりに頑張ってみたんだよ」

「へぇー、私なんか気が弱いから到底出来ないですね。おそらくその場から逃げ出していたと思います」

「でもな、俺もこの考えになるまでには、多くの時間を費やしたよ」

「やっぱり先輩は偉いですネ」

「そうか、お前だけだな、そう言ってくれるのは……」

「その後は、どうなったのですか」

「う～ん、そうだな」

「また、喋りにくそうですね」

「いや、今思い起こしているところなんだ」

「そうですか」

「えーと、この会社も健全な経営をしていないがために、事業規模を縮少しなければならなくなる。そうなってくると、経費のカット、従業員の削減、リストラという風にお決まりのパターンをたどる。俺は、上司といつも衝突していたので、真っ先に名前が上がったよ」

「そうだったんですか、先輩でも。それって変な話ですよネ」

「お前もそう思うか」

「ハイ」

「俺たちは、会社のために会社から与えられた役割をこなし、尚かつそれ以上のことも惜し身なくやってきたのに……。それなのに、役員たちの犯したむちゃな株・土地への投資の失敗に対しての責任は、全くなく、下の弱い人たちを何のためらいもなく切り捨てることが普通に行なわれている。このような社会をお前、どう思う」

「そりゃあ、おかしいですよ」

「昔から弱い者ばかりが貧乏クジを引くようになっているんだよなあ。この形は変えられないものなのかぁ」

「いつの時代も、時代は繰り返すと言われているように、なかなか変えることは難しいのではないでしょうか」

「そうしたら、これからの日本社会、いや、これからの生活が、むなしいものにならないか」

「そこなのです」

「何がそこなんだ」

「日本だけでなく、社会をも変えるとしたら、指導者、指導者を変えていかなければならないと私は思うのです」

「お前、なかなかすばらしいことを言うじゃないか」

「そうでしょう、私もちょっとは……」

「俺もな、前々からそのことをずぅーっと考えていたんだよ」

「へぇー、そうなんだ」

「今、どの分野においても、真の指導者がおられないように思われるのだが。お前はどう思う」

「私ですか。いろんな分野のことを知らないので、はっきりとは申し上げにくいです」

「でも、さっき、『社会をも変えるとしたら指導者、指導者』とカッコ良く言わんかったか」

「はぁ、言いましたけど、先輩みたいに深い考えはないです。自分の身の周りに、素晴らしい指導者がいたら、その人について行こうかなぁー、なんて……」

「まぁそんな所だろうな、とは思っていたけどな。でも、そこからどんどん話が膨らんでいくんだぞ。俺も最初は、それに似たような考えだったからな」

「そういうものなんですか」

「おー、もうこんな時間になってしまった。早く帰らないと」

「そうですネ、先輩と話していると時間の経つのが早いですわ」

「俺もだ、お前と話していると時間の経つのを忘れてしまいそうだわ。また、今度は飯でも食いながら、ゆっくりと話しょうか」

「そうですネ。そうしたら先輩、先輩の都合のいい日はありますか」

「そうだな、俺は土曜日の夜ぐらいしかあいていないなぁ。スマンなぁ、それでよければ……」

「謝らなくてもいいですよ。先輩らしくない」

「お前はいいのか」

「私ですか、私は土日は休みなので、土曜の夜はＯＫですよ。徹夜で話し合いましょう」

「学生時代と何か立場が逆転してしまったなぁ。今は稼ぎもお前の方が上だろうし……」

「先輩、それは違うと思いますよ。稼ぎがいいからと言って、立派な人間であるとは、限らないし、人間の値打ち、価値は、稼ぎだけで判断することではないですよ」

「それは、自分自身でも十分わかっているよ。しかし、今の世の中がそういう風な流れになっているんじゃないかな」

「そう言われれば、事実そうですネ。でも、先輩のことだから、いつかは、また逆転されると思います」

「そうかな」

「そうですよ、先輩は何事においても前向きだし、失敗しても、その時は落ち込んでも、後は何事もなかったかのように前へ前へと進んで行く人なんですよ」

「ありがたいお言葉ありがとう。そうなるように頑張るわ。おー、お前と話していると際限《きり》がないわ」

「そうですね、じゃぁ次の土曜日。時間と場所はどうします」

「俺の方から、電話入れるわ。携帯の電話教えてくれや」

「はい」

「それじゃぁな」

「楽しみにしています。それじゃぁ」

談論風発

「すまん、すまん、待ったか」

「えー、一時間ほど」

「そんな早くから来てたんか」

「いやいや、冗談ですよ。私もついさっき来たところで、先にやってますよ」

「おっ、生か、そこの綺麗なお姉さん、あんたあんた。おいしい生、私にも入れとくれ」

「さすが先輩、女性の声の掛け方が自然ですね。昔から上手かったですものネ」

「そうか、照れるやないか」

「先輩、それにしても忙しいのですね」

「いや、道が混んでいてなぁ」

「世間は、今、暇じゃないんですか」

「違うんだよ。あっちこっちで穴を掘っているし、事故は起こるしで、車が動かんのよ」

「ところで先輩、今、何のお仕事をしているのですか」

「俺か、今は食品の配送をしとるわ」

「何をそんなに怒った言い方するんですか、あぁ怖わー」

「すまん、すまん。お前に当たってても仕方がないのに……。好きでやってるわけやないからなぁ。生活のため、生きていくためにやらなければならないので、毎日が辛いわ」

「そうなんですか」

「そやから言うて、中途半端な仕事はせぇへんで」

「先輩のことだから、手を抜くことはしないと思います。でも、今、先輩みたいな人たちが世の中には多いのでしょうネ」

「そうだと思う。家賃払って、食べていくだけで精一杯、贅沢なんかとても、とても。まして、貯めるところまでいかないだろう。

今は、独身や学生、それに年寄りがお金を持っているんじゃないかな」

「そうかもしれないですね。それよりも、先輩、これから先のこと、どう考えているのですか。このまま食品の配達を続けるのですか」

「そうだなぁ、今の仕事もそんなに長くはやってられない。若いうちは何をやっても平気だったが、年を取ると、あっちこっちにがたが来て、無理がきかなくなって来たし、世の中も不景気で仕事がない時代、それに、俺はサラリーマンには向いていないと思っているから……。どうしょうかなぁ」

「そんなに肩を落とさないで元気出して下さい。はっきり言って、先輩はサラリーマンには向いていません。いずれは上へ立つ人だと私は思います。いつまでも下の地位に燻っている人ではありません」

「お前、そこまで〝よいしょ〟しなくてもいいよ、ケツの穴がこそばくなるよ」

「いや、よいしょじゃありませんよ。久し振りに会って、そう感じたのですよ。普通ならそれほど苦労していたら、もっとやつれて目なんかも落ちこんでいますよ。だが、先輩の目の奥には小さな輝きがあり、『これから何かをしてやるぞ』という顔に私には見えました」

「お前には、そういう風に写って見えるか」

「先輩は、学生の頃から、後輩の面倒みがよく、よく食事や夜の遊びをおごってくれたりしましたでしょ」

「おごってやったぐらいで……」

「そうじゃないんですよ。後輩のことを大事に思う気持ちが伝わって来るのですよ。他の先輩にはない、これは、私だけじゃなく、他の者もそう言ってました。『この先輩は、これから先、必ず出世するやろなぁ』と皆で言ってました」

「それが、今じゃぁ、食って行くのが精一杯、どうなっとんのや」

「今は、歯車が噛み合っていないだけですよ。少し変われば、何もかもがうまく運ぶようになりますよ」

「ありがとうよ、慰めてくれて」

「どう致しまして、先輩、私が思うには自分で何かを始めはった方がいいですよ」

「そうか、お前もそう思うか、俺も前から考えていたのや」

「それでしたら、さっそく何か始められたら」

「そう簡単に言わんでくれよ。まず、資金がないだろう」

「公庫で借りればいいじゃないですか」

「お前なぁ、ほんま人ごとやと思って、さっきから簡単に言うけど、いろんな問題があるんやぞ」

「他に何があるんですか」

「俺一人の力では、絶体に出来ないだろう。当然嫁さんの協力が必要になるだろうし」

「それなら奥さんの力を借りればよろしいでしょう」

「また、簡単に言いよって。嫁さんは、反対しているのや」

「どうして反対しているのですか」

「うーん、話にくいなぁ」

「せんぱーい」

「分かった、話すよ」

「お願いします」

「嫁さんは、はっきり言って、貯金はないし、家のローンは残っているし、これからの生活費もいるわけだし、これだけのリスクを背負って、もし失敗でもすれば家族四人路頭に迷ってしまう。仮に、サラ金にでも走れば、それこそ地獄が待っている。と言うのだよ」

「そりゃあ、奥さんの言うとおりだと思いますよ」

「おっ、お前そんな冷たいこと言うなよ。さっきと言うことが違うじゃないか」

「でもね、先輩。奥さんの肩を持つわけではないですが、奥さんのおっしゃる事には筋が通っていて正当だと思います」

「それは、俺にも分かっているのだけれども、お前も男なら分かるだろう」

「何がですか」

「何がですかじゃないよ。男たるもの結果ばかりを恐れているようじゃ、大きな人間にはなれないぞ。男は、愛・ロマンを持ちながら生きて行かなければならない。分かるだろう」

「まぁ、なんとなく」

「気のない返事やなぁ」

「でも、あまりピンとこないですもの」
「同じ男だろう」
「先輩、それは違いますよ」
「何が違うんだ」
「先輩だから言いますけど、その考え方は、改めた方がいいですよ」
「どうして」
「先輩、男だからと言って皆自分と同じ考えを持っているとは限らないですよ」
「それぐらい分かっているよ」
「いや、分かっていません」
「おいおい、どうしてそこまで言い切れるんだ」
「さっき言いましたでしょ」
「何を……」

「『同じ男だろう』と」

「あぁ、言ったよ。でもその言葉がどうなんだ」

『同じ男だろう』の後に『お前も分からなければおかしい』と言う言葉が隠れているのですよ。それは、先輩の心の中へ知らず知らずの内にしみ込んでしまっていて、自分にはその気持ちがなくても、つい出てしまうのです。その原因は、おそらく、体育会系の上下関係から来るのだと思いますよ」

「でも、そのことがどうなんだ」

「先輩、分かってないですネ。あーいう風に言われると、相手がすごく苦痛になるのですよ」

「ふーん、そんなものか。ひとつ勉強になったわ、覚えとくわ」

「なんか、先輩に、今までで初めて勝った気分ですわ」

「学生の時は、のほほーんとしていたのに今は違うなぁ」

「そうですよ。今は、前の自分ではないですよ」

「何がそこまでお前を変えたのか、知りたくなって来たな」

「つまり、私に興味が出てきたと言うことですね」

「まぁ、そういうことだな」

「それでは、お話ししましょう。そんなに大層に言うことでもないですけどネ」

「もう、えーから早よ話ししいな」

「これは、えらいすんまへん。私も最初の四、五年までは、前と全く変わりませんでした。ところが、ある取引の商談の時に、そこの社長さんとお会いしてから、今までの自分の考え方の甘さや、世の中の厳しさなどを教えて頂きました。この社長に言わせれば、『私は何もしていませんよ』と言いますが、私にとっては、社長のおっしゃることすべてが勉強になったのです」

「例えば、どんなこと」

「そりゃぁ、先輩も私の話を聞けば自分の考え方の甘いことが分かりますよ」

「そうか」

「えー、まず、この社長は、相当苦労している。しかし、それを知っている人は、誰もいないそうです」

「それなら、なぜお前に分かるんだ」

「それは、長い間お付き合いさせて頂いている間に、だんだん理解出来るようになったのです」

「そうか」

「その社長は、『仕事するにせよ、勉強するにせよ、スポーツをするにせよ、まず目標を立てなさい。そして、その目標に向かって頑張ること。しかし、そこでただ頑張るだけでなく、視野を広く持ち、いろいろな角度からいろいろなことを行う。たとえ、それが失敗に終わろうとも、また違う角度からチャレンジして行く。出来る人は時間をかけずに早く出来る。出来ない人は出来る人よりも少し時間を費やして出来る。中には、それでも出来ない人がいる。しかし、そういう人は、もっと時間を費やせば、いずれ出来るようになる。でも、いくら頑張っても出来ない人も中にはいる。だが、これは稀である。ほとんどの人は、必ず目標を達成することが出来る。目標を達成出来ない人は、その過程において挫折してしまうか、俺には、そんな力はないと勝手に判断してしまい、その場から逃げ出してしまう。それと、苦しんだら苦しんだ分だけ、その人を成長させてくれる。私が、ここで一番言いたいことは、苦しまないで大きくなった人よりも、苦しむだけ苦しんだ人の方が、これからの人生何が起ころうとも負けることはない。これだけはキッパリと言い切れます。この世の中には、天才は一握りしかいない。あと残りは、ほとんど凡人である。その凡人が、頑張って天才をも越えてしまうから、世の中はおもしろいのではないか』とこの社長は教えてくれました。まだまだ重みがあり、深みのある話はありますが、この辺りで……」

「うーん、素晴らしい！」

「そうでしょう。先輩」

「あぁ、本当に素晴らしいの一言だ。この社長の下についていろいろ勉強してみたいという気になるなぁ」

「先輩も、そういう気持ちになりますよネ。私も、そうなんですよ」

「それなら、二人でちょっと頼みに行こうか」

「先輩、すでにお願いに行ってますよ」

「あーそうか、それもそうやな。それで、それでどうやった」

「今ここに、私がこうしているということは……」

「それもそうやな、それならダメな理由は」

「それは教えて頂きませんでした。『あなたは、まだまだ苦労が足りません。これからいろいろなことを学び、壁にぶち当たり、それを繰り返し繰り返しして行く内に分かるようになる筈です。人からいろいろ聞いていたのでは、本当に自分の身につきません』と言うことです」

「いやぁー、ますますこの社長に惹かれるなぁ。今の世の中に、これほど素晴らしい指導者は少ないだろう。俺なんか、今までに仕事を十数社ほど変わったが、この社長ほど魅力のある人には、ほとんど巡り会えなかったなぁ」

「へぇー、先輩って、会社そんなに変わったんですか」

「そうなんよ。リストラされて以来、谷あり谷ありで、なかなか浮き上がることが出来ないのだよ」

「大変な苦労をしてきたのですねぇ。私なんか何の取得《とりえ》もないから、ひとつの会社にずぅーっとしがみついていますよ」

「いや、お前はそれでいいと思うよ。人には、それぞれ生き方・スタイルがある。お前、今の会社へ勤めて何年になる」

「そうですね、今年の四月で十二年になります」

「そうかぁ。まぁ三年以上同じ会社におり、他にやりたいことがなければ同じ会社にいる方がいいだろう。だから、お前の場合は、やりたいことがなければ、当然今の会社にお世話になっている方がいいだろう」

「そうですか。うーん、まぁ今のところ、これといってやりたいこともないし……」

「話もひと息ついたことだし、注文でもしょうか」

「そうですね。腹の虫がまだかぁまだかぁと、さっきから叫んでいるようで」

「お姉さーん、遅くなってすまんな。オーダー頼むわ。えーと、盛合せとりあえず二人前、それと生レバーとユッケだ。お前、生レバーとユッケいけるか」

「私は結構です。生はちょっと。刺身の生は大丈夫なんですが」

「魚の方がよかったか」

「いえいえ、とんでもない。彼女が『まだですか』という顔をしてますよ、先輩」

「すまんすまん、彼女、怒ってるう。怒ったらいかんよ、かわいい顔が台なしやで。それにしてもいいスタイルしてるネ。胸も88ぐらいはあるな。こんな所で働くのもったいないで。えぇとこ紹介したろか」

「せんぱーい、もう……。ごめんなお姉さん、この人綺麗な人見るといつもこうなんよ。先輩、早く頼んで下さいよ」

「えーと、後はキムチ、白菜で、それと生二つだ。以上お願いするわ」

「先輩、あいも変わらずですね」

「でも、今の子いいな」

「まぁ、悪くはないですね」

「なんだ、その程度かぁ。お前も、おっ……危ない危ない。またお前に叱られるところだった」

「……」

「おっ、来た来た。早よ焼いて食べよ。腹の虫も空《す》き過ぎて泣かんようになったわ。それにしても、お姉ちゃん綺麗な……」

「せんぱーい……」

「おっといけねぇ」

「この肉、うまそうですね」

「おっ、お前にも分かるか。ここの肉は正真正銘の和牛だから。ほら、まわりを見てみぃ」

「満員ですネ」

「皆、分かっとんのや。旨い物は嘘をつかへんて。この店の大将は、肉屋で三十年働いてから、この店を始めたんや。だから、出す物にはうるさい。たとえ値段が高くても悪い物は仕入れない。三十年も和牛を見てきたので卸の人よりも目がきく。卸の人が悪い品物ばかり持って来ると『お前、わしをなめとんのか、毎日毎日いい加減な品物ばかり持って来て。何を考えて持って来てんねん。こんなことばかりしていたら、もう取引きやめてしまうぞ。お前ところ一軒ぐらいなくても、おれところは影響ないけどな。でもな。折角《せっかく》こうやって知り合えたのだから……、君にも妻子がいるのだろう。これからバリバリ頑張っていかなければならんだろう。こんな仕事しか出来ないと会社に貢献出来ないし、給料も上がらんぞ。もっと自分で考えて勉強せなアカン。どうしたらええか分からんのやったらわしが教えたる。でもきびしいぞ。まずその前に自分自身を変えなアカン。自分で変わらなければならないと思わなければ、絶体前へは進めへん。気持ちから生活習慣などをいっぺんに変えるのは無理なので少しずつ少しずつ変えていく。そうすると以前の自分より違った自分がそこにいる筈である』と、こんな風に説教するんだ。ここの大将が良い品物を仕入れることが上手なのは、業者をこのように育てることが出来るからだ。この店が繁盛しているわけだ」

「その大将って人は本当素晴らしいですね。先輩、自分の店だけでなく、業者の教育係までし、その上、この会社にも利益をもたらす。商売の真髄がここにあるように思われます」

「そうやな、ここの大将も大変苦労してきたからなぁ。まず自分が儲けたいと思えば、まず先に相手を儲けさせなアカン。自分の所さえ良ければえぇという時代はもう終わった。商品の目ききだけでなく、これからは人の目ききも出来なければならない」

「先輩、うまいこと言いますね」

「いや、これは、ここの大将が言うたんや」

「この肉、ほんと美味い、やわらかやし、美味いっすわ。でも先輩は、どうしてこの店を知ってはるんですか」

「以前の会社へ勤めてた時のお客さんやったんや」

「ということは、先輩もここの大将に教えられたのですネ」

「そういうことや。しかし、その時の俺の担当は和牛ではなく、輸入物・豚・雑肉など」

「そしたら、ここの大将との接点は」

「俺の上司が、『お前、担当は違うけど、あの店の大将に会ってこい、絶体に勉強になるから』と言うことで会ったわけよ。だから、ほとんど怒鳴られることもなかった。そこへ行くだけで勉強になったもんな。この大将、叱る時は、人前では絶体に人を叱らない。誰もいない所で叱っている。だが、一度だけ皆のいる前で叱ったことがある」

「それは、何ですか」

「ある業者が、毎回毎回同じ失敗をするので『おまえとこと取引するのやめや、明日、上司といっしょにこい』と言って、次の日その上司と部下がいっしょに来たわけ。そこでその上司が『すんません、こんな役立たずをよこして、変わりの者をよこしますので、今回は許してもらえませんか』と、言ったとたんに、大将のカミナリが落ちて、『お前みたいな上司がおるから下が育たんのや、お前がもっとしっかりしていれば、この子はまじめな子やから、しっかりと指導してやれば出来る子なんや。このアホたれ、もう取引中止や、顔も見とうないわ、帰れ』と、もう周りにいたものは唖然。しかしな、この大将はあれだけ怒っていても、全然感情的にはなってなくて、冷静に判断しているんや」

「へぇー、それは凄い。勉強になりますネ。ところで、さっきの話の続きなんですが、取引きは止めはったんですか」

「いいや、この一件があってから、この業者の部下が、『私が悪かったのに、自分のことを全然責めずに、上を叱ってくれて目が覚めました』と、それからその人は、人が変わったように成績を上げていったそうだ。だから、そこの上司は、ここの大将に頭が上がらないみたいやな」

「素晴らしい人ですネ。先輩の知り合いにもこのような人がいるんですネ。私もそうですけど、優れた指導者は、まだまだいるんですネ」

「いや、俺のいままでの経験から言って、このような人たちは少ないと思うよ」

「そうかぁ、先輩は十数社ほど変わっているから、いろんな会社の経営者を知っているんですね」

「十数社ほど変わっているところに、ちょっと引っ掛かるな」

「どうしてですか」

「世間で十数社も仕事変わったとなると、あまりいいようには思わないだろう」

「そりゃぁそうですけど、でもそれが事実なんでしょ」

「まぁな」

「先輩らしくもない。先輩は、今まで自分が歩んで来た道を否定しているのですか。そんなことはないでしょう。どういう理由があれ、自分でこれが正しいと思い前へ進んできたのでしょう」

「そりゃぁ、そうさ」

「それならそれでいいじゃないですか。周りのことなど気にしないで、自信を持って下さいよ」

「お前と話していると、こっちが説教されているみたいで、先輩、後輩ってこと忘れてしまうよな」

「これは、でしゃばったことを言って申しわけございません」

「いやいや、いいんだ。今の世の中こう言った会話が少なくなってきているから。例えば親と子、先生と生徒、上司と部下など……。それはそうと話が変な方へ行ってしまったが、どこまでいったかな」

「えーと、そうそう、世間にはそんなに素晴らしい指導者がそんなにいないと言う……」

「おー、そうだった、そうだった。俺の知っている中では、ほとんどいなかったなぁ」

「先輩、どのような人たちか教えて下さい」

「そうだな、何人か喋ってみようか」

「お願いします」

「そうだな、いままでの中で一番最悪だと感じた経営者のことを話そう」

「へぇー、そんなに悪いんですか」

「あほ、まだ何も言ってないやろ」

「あ、すんまへん」

「この会社は鉄鋼の関係で、従業員が八、九人いた。建物はきれいで作業場も整理整頓がよく出来ており、事務所もゴミひとつ落ちていない。印象としては大変いい会社に映ったが、いざ中へ入っていろいろ分かってみると、見ると入るとでは大違い。まず第一に従業員を大事に思わない。口では、俺がちゃんとしたるから頑張れ、一年経ったらボーナスも出してやるからと言っていたが、中で働いている人に聞いたら、ここの社長が一年経ってからボーナスを出すことなど絶対にないよというわけ」

「先輩、それって契約違反じゃないんですか」

「たとえそうだとしても、どうにもならんだろう」

「それはそうですネ」

「次にこんなこともあったな。作業中に俺が怪我をしてしまい、腕を五針ほど縫ったんだ。社長のところへ謝りに行ったら、どんくさいなぁ、何をしてんのやと言われた。その時は、まぁ自分が悪いから、このような言われ方をしても仕方ないかぁと思ったが、それにしてももう少し言い方があるやろ。そのことを皆に話すと、『そうか、お前も言われたか。前に辞めた人も同じようなことがあり、その人は社長とケンカして辞めてしまった。それと、ここの社長はなぜ怪我したらああいう風な憎まれ口をたたくか分かるか』と言って大変なことを教えてくれた。それは、会社で怪我したら労災が下りるやろ。その労災を何回も何回も使うと会社としてはあまりいい目で見られないから文句を言うんだそうだ」

「先輩、それって少しおかしいですよね。誰もワザと自分自身を傷つける人なんていないでしょ。そのための労災じゃないんですか。それを言うなら安全管理の方を先にすべきですよ。なのに人よりも会社が一番なんだ」

「それとな、まだあるんや」

「なんですか」

「こん度は、得意先に対してえげつないことをしているのや。昔から仲のいい社長がいるわけ。そこの会社へ商品を卸していて、最初のうちは、相場で商品を売っていたが、景気が悪くなり相場が下がってきても、一向に単価を下げずに、ずうーっと商売を続けてきた。この会社の社長は、昔からその社長を信頼していたから、何の疑問も持たなかった。しかし、世の中の景気がこんな悪くなっているのに値段が下がらないのはおかしいと思いだし、調べてみて始めてそういうことがわかった。それでもこの社長は、なんだかんだと言い訳をして、相場の値までは下げなかったそうだ。仲の良い相手に対しても平気でそんなことをするんだな。相手を信頼しすぎたからと言えばそれまでだが、親友ってそんなもんじゃないのにな。このような人間がいるから、人は信用出来ない、儲けばかりが先行するとこのようなことになるという、いい例だな」

「何を目的に会社を運営しているのか分かりませんネ、先輩」

「そうだな、自分の利益ばかり追い求めて、人の重要性を全くと言って言いほど分かっていない社長だったなぁ。今もおそらく同じように、人の出入りが激しい経営を続けているんじゃないかな」

「ほんまに最悪な社長ですネ」

「お前もやっぱりそう思うか」

「そりゃぁそうですよ。従業員を何だと思っているんですかね。将棋の駒ぐらいにしか思ってないんでしょう」

「そうだな、これによく似た会社はまだまだあるんだ。でも、ここまでひどい会社はなかったなぁ……」

「他にはどのような」

「次は食品の会社で、従業員、パート合わせて約二百人ぐらいで、各方面へ十店舗ほど出店していたかな。俺が三年ほど勤めている間にその会社は社長が三人も変わったんだ」

「へぇー、その会社の社長の任期は三年なんですか。まるで政治家みたいですネ」

「いや、そうじゃないんだ。たまたまこのような状況になってしまったが、三人目の社長は俺が辞めてからもまだ続けていた。しかし、それ以降はどうなったか。分からんが……」

「そらそうでしょう。冗談で言ったんですよ。でもそんな会社があれば、お目にかかりたいですわ」

「昔は冗談など言わないお前が……」

「先輩、なぜ三人も短期間に変わりはったのですか」

「最初の社長は、自分ではその地位に好んで就いたわけではなく、仕方なしに就いたそうなんや。以前に勤めていたところを先代の社長に無理矢理辞めさされて社長になったというわけ。先代の社長が退いてから十五年ぐらいは普通に頑張っていたみたいで、三人の中では一番ましだったたな。年も年で、躰の方も病気がちになり、次へ譲ったということだった」

「その社長の、社長としての評価はどんなだったですか」

「まあ普通じゃないの」

「普通じゃ分からないですよ」

「それもそうだな。ひと言で言うと、この社長は運が良かったのかもしれない。ちょうど景気がよく、バブルも全盛時代で一、二年してから変わったから、会社としての業績は右肩上がりで言うことなし。指導力ということに関しては、ほとんどと言っていいほど発揮していない。この時代は、何をしなくてもうまく行っていたので誰がやっても同じ結果が出ていたと思う。

やっぱり会社は、売上げを伸ばし、利益を伸ばす。これが使命なのである。極端に言えば。会社の業績が良ければ指導力などあまり重要視されない。だから と言って、売上・利益ばかりに目が行くと、いい時は目立たないが、悪くなった時が怖いのである。今の世の中いいことばかりが続くとは限らないので、毎月気を抜かず頑張らなければならない。

国にも歴史があるように、会社にも歴史がある。その歴史を作って行く上で最も重要なのは、人を育てると言うことに尽きるね。その〈人〉を上手に育てられるところが生き残れ、良い歴史を作ることが出来るのではないかな」

「さすが先輩、ダテに何十年も働いていませんネ。素晴らしい」

「そんなに冷やかすなよ、テレルがな」

「次の社長は」

「二番目の社長は、これはあまりにもタイミングが悪かった。バブルがはじけてしまい、その影響がじわじわ出てきたために、業績は全く振るわなかった。バブルがはじけた後に何らかの手を打っておけば、それほど悪くはならなかった筈、口で社員に『頑張れ、頑張れ』と言ったところでどうにもならなかった。この社長、その心労がかさなって病気になり、二年ほどで社長の座を譲ることになってしまった」

「先輩、運がないというのは、このような人のことを言うのですかね」

「うーん、俺は違うと思うな。運というものは、自分からつかみに行くものである。待っていて何もしなければ運も逃げて行く。この社長は先へ先へと手を打たなかったので、俺から言わせれば自業自得だということになる」

「そうですか、私と先輩の違いは……」

「まあ、待て。最後の社長は最悪だったな。ほとんど名前だけの社長で、帳簿に目を通すぐらいで、後は会社の金で株、競馬、女遊びばかりしていたな」

「へぇー、まだそんなことをしている人がいたのですか。今は、もうあまり聞かなくなりましたが……。それにしても周りの人たちは知らなかったのですかね」

「いや、ほとんどの人が知っていた筈なのだが……」

「知っていて何も対処しなかったのには、何か理由でもあったのですか」

「俺がそこで勤めていても、理由が分からなかったのだよ」

「何か、大きな秘密がこの会社にはあるのではないですか」

「うーんそうかもしれんな。でもな、こんな社長の下で働いている従業員が一番かわいそうやで、そう思わんか」

「そうですよね。会社というところは、働いている従業員で成り立っているのに、その従業員を全く無視して、会社を私物化している。情ないとは思わないのですかネ」

「そんなこと思うぐらいなら、初めからしないと思うよ」

「それもそうですよね。でも従業員の人たちも、そんな会社を辞めてどこかよその会社へ移ればいいのに」

「そうもいかないよ。今の世の中の景気を考えたら、そう簡単に辞められないよ。ほんとに今の世の中は、弱い者ばかりが嫌な思いをするんだよな」

「もっと下のことを思いやる魅力のある人はいないんですかね」

「いや、いないこともないと思うよ。しかし、そういう人の数が少なく、表にあまり出て来ていないのは事実だな」

「そうなんですか」

「いままで話してきた三人の社長は、飾りみたいな人たちだったが、その下の部長二人が優秀であった。ひとりは、事業部の部長で主に販売がメイン。もうひとりは、商事部の部長、主に仕入の仕事をしていた。この会社を動かしていたのは、このふたりと言ってもいいくらいで、このふたりがいなければ、この会社はどうなっていたか分からないな」

「そんなに素晴らしい人たちなんですか」

「そうなんだ。事業部の部長は、行動力があり、計算が特に速かった。数字はもちろんのこと、仕事上の計算も素速かった。商事部の部長は先を読む力が素晴らしかった。ふたりとも指導力に関しては、満点ではなかったが、トップがいい加減なので、下からの信頼はそこそこ厚かった。ふたりの大きな違いは、

事業部の部長は、下の者よりも自分がよければいい。上の者が間違っていても
あまり反対しない。長い物には巻かれろというタイプ。一方、商事部の部長は、
事業部の部長とは全く正反対で、下の者の面倒みが良く、上のやり方が間違っ
ていると、それを正しい方向へ持って行く人だったなぁ」
「そうですか、なかなかおもしろい組み合せですネ。そうなると商事部の部長
さんは大変ですネ。味方になる人がほとんどいないのでは……」
「さすが、いいところに気が付いたな。商事部の部長は、ある程度先が読める
ので、この会社も先々よくいく確率は少ないとみていて、他へ移る準備を気付
かれないように進めていたんだ」
「それでどうなったんですか」
「ああ、役員として他社へ移ってしまった」
「となると、この会社はどうなったんですか」
「事業部の部長ひとりの力では、今の現状を維持することは、難かしいので、

規模を縮少し、数十人リストラしたな。給料も一割から一・五割カットされた」

「ということは、先輩がリストラされたのはこの会社なんですネ」

「そういうことだ」

「やっぱり弱い者にしわよせがくるのですね。こんな話聞くと、ほんと胸が痛みますわ」

「まぁ、これが現実だよ」

「でも何か空しいような感じがします」

「そんなに落ち込まなくてもいいよ。チェンジ、チェンジ。

今まで素晴らしい指導者、最悪の指導者たちのことを話してきたが、なぁ、井上」

「はぁー」

「はぁーじゃないよ」

「だって急に井上って呼ぶんだもの」

「えっ、お前井上じゃなかったっけ」

「そうじゃなくて、今までお前、お前って言ってたから」

「え、俺、そんな失礼なことを言ってたか。すまん、すまん。学生の時の気分がよみがえってきたのかなぁ。まぁ、あまり気にするな」

「気にしてませんけど」

「嘘をつけ、気にしてるから言ったんだろう。それならそうともっと早く言ってくれりゃいいのに」

「でも、大したことじゃないので、改まって言うことでもないと思って」

「それなら言わなければいいじゃないか」

「それもそうですね……。あぁ、いつもこうやってまるめこまれてしまう」

「まるめこむって人聞きの悪い」

「いや、だってそうでしょう」

「あぁ、まぁな。それよか、何を言うのか忘れちまったよ」

「これはどうも」

「えーと……そうだ井上。他に指導する側教える側ではどのような人がいるかなぁ」

「そうですね、学校関係の先生と呼ばれる人たち、スポーツ関係の監督、コーチ。それと、そうそう、政治家の人たちなどですかね」

「大事な人を忘れていないか」

「誰だろう、えーと、やっぱり分からないです」

「父親・母親だよ」

「えっ、両親も指導者なんですか」

「当然だろう」

「そうですかぁ」

「皆、気がついていないと思うけど、指導者の中で一番重要なのは両親だと俺は思っている」

「というのは」

「今まで話をしてきた中にもあったが、企業・会社にとって大切なのは人である。日本全体で考えてみても、国民一人一人の力が優れていれば、それだけ日本という国が大きくなってくる。財産になるわけ。その人間形成の基本をつくる重要な役割を担っているのが両親なのではないかと思うんだ。俺の考え間違っているか。お前はどう思う」

「急にそう言われましても、その件に関して真剣に考えたことがないので、どう答えていいのか……」

「そうか。でもな、今のテレビやラジオのニュースを見てみぃ。パチンコをしていて子供を死なせてしまう。自分の気にくわないからと言って子供を折檻死さす。いったいこの親たちは何を考えているのか全く分からない。このような大人たちには、子供をつくって育てる資格などない。もっと自分自身をみつめ直して、普通に物事を考えることが出来るようにならないと……。

父親・母親が、いい加減な毎日を送っていると、その子供もそういう風になっていくだろう。親は子の鏡だと昔から言われている」

「そのとおりですよ」

「こういう風に考えられない大人たちは、ごく一部であるかもしれない。でも、親として責任を果たしていない人が、まだまだいるのではないかと思う。なぜ、こんな風になってきたか分かるか」

「いやぁー、ちょっと分からないですネ」

「俺が思うには、時代の流れがこのような心をつくってしまったのではないかと」

「……」

「なんだ、変な顔をして」

「変な顔ですって、ほっといて下さいよ」

「そういう意味で言ったんじゃないよ。怒るなよ」

「怒ってませんよ。どんな時代の流れかなと考えていたんですよ」

「そうか、それならいいんだ」

「先輩、それで」

「お前も聞いたことがあると思うが、昔は、食べる物も着る物もなかった時代があった。両親が、苦労しながら一生懸命に頑張っている姿を見せるだけで、親として十分責任を果たしていたと思う。だが、今は食べる物、着る物その他なにからなにまで豊富にあるので、子供たちだけでなく、大人までもが物の大切さを忘れてしまっている」

「そう言われれば、私も物の大切さを忘れてきているかもしれません。今はお金を出せば何でも買える時代になってますものネ」

「つまり、今と昔の大きな違いは、苦労をしている人の数が少なくなってきているということ」

「そう言えば、私も今までに、あまり苦労していませんけど」

「いや苦労しているから良いとか、苦労していないから悪いとかじゃないんだ。苦労しなくても人生を終える人もいるし、苦労ばかりして人生を終える人もいる。

でも、苦労をした人の方が、していない人よりも人の気持がよく分かるし、本当の喜び本当の楽しさが分かると思うのだ。昔から『若いうちは苦労は買ってでもしろ』と言われていた、俺はそのとおりだと思う」

「そう言うことなんですか。これから、もっと苦労せないかんかなぁ。でも、私の性格からして、逃げ出してしまうやろうなぁ」

「井上、そこなんや。自分が今変わろうと思うのなら、変わらなければならないと思うのなら、諦らめずに頑張れば、お前なら必ず出来る。自信だ、自信を持てるようにするんだ。そうすれば、今と違う自分がそこにいる筈だ」

「あれ、どこかで聞いたようなセリフ……まぁいいや、ありがたいお言葉ありがとうございます」

「いや、いいんだ」

「どうすれば先輩、子供たちに正しい教え方が出来るのですか」

「実は、俺にもはっきりとは答えにくいんだ。しかし、ひとつふたつほど言えることがあるんだ」

「それは何ですか」

「知りたいか」

「えぇ、聞きたいです。もったいぶらずに話して下さいよ」

「ひとつは、子供に親の暖かさ、手のぬくもりを与えてあげること」

「どういうことですか」

「昔、多くの家庭が、川の字になって寝ていたと言われている。お父さんが左、お母さんが右、子供がまん中という風に」

「へぇー、そうなんですか。私のところは、皆別々で寝ていましたけど」

「そうかぁ、お前のところはまぁまぁ裕福な家だったものな。俺のところは、あまり裕福ではなかったなぁ。大学の時の野球の道具にしても、お前はいい物持ってたもんなぁ。

昔も今も変わってないよなぁ。あーぁ、なんだか悲しくなってきた」

「先輩、そんなこと言わないで下さいよ」

「冗談だよ」

「もう、意地悪なんだからぁ。それより、川の字の続きを……」

「おー、そうだったな」

「今は、ほとんどと言っていいほど、子供たちは、自分の部屋を持っている。ひと昔前までは、自分だけの部屋などなく、ひとつのフトンによりそって寝ていたところも多かった筈である」

「そのことがどうなんですか」

「あー、お前には分からないよなぁ」

「えー、全然。先輩が何を言いたいのか、分かりません」

「親といっしょに寝るのは、何歳《いくつ》ぐらいまでがいいのか、個人差があるので分からないが、俺は、だいたい小学生の間までかなーぁと思う」

「ふーん」

「なんだ気のない返事だな。まあ、いいや。つまり、親といっしょに寝るということは、親の暖かさ、心臓の鼓動が子供たちに伝わる。子供たちは、それを受けることによって、自分自身では気付かないうちに人間としてのやさしさ、暖かさというものが、心のどこかに残っていくのではないかと……」

「まだ、ピンときませんネ」

「それと、今の時代、キレル子供が増えてきているが、その要因として、このことがなくなってきているのではないかと……。

これは、大人にもあてはまるような気がするのだけれども」

「というと……」

「そうしたら、お前にも分かりやすく説明してみようか」

「はー、お願いします」

「お前、今嫁さんといっしょに寝ているか」

「はい、毎日、いっしょに」

「ほー、仲のいいことで、まぁいいや。その時、嫁さんの手でもどこでもいいから、触れた時〝ほっ〟とした感じ覚えたことはないか」

「うーん、そう言われればなんとなく」

「そうだろう。その時の手から伝わってくるぬくもり、暖かさ、血液の流れなどによって傷ついた心や、ストレスをいやし、心にゆとりを持たせてくれるのだよ。

まぁ、お前の場合は、ほとんどストレスやさみしさなどは持ち合わせていないから、分からないだろうな」

「先輩、失礼ですよ。私にだって、ストレスはありますよ」

「そうか、それはすまん。今まで話していてそう感じたもんでな。そらそうだよな、今の世の中、ストレスのない人間なんていないよなぁ」

「でも、ほとんどないに等しいですけどネ。先輩、なぜなんですかネ」

「そうだな、変化のない毎日を送っているからだろうな」

「変化のないネェー」

「それから、ふたつ目はだな、親が大人になることなんだ」

「えっ、どういうことですか。親はもうすでに大人じゃないんですか」

「まぁ、そうなんだけど、そういうことでなく、今の親たちは、子供に構いすぎるんだ。

あれしたらダメ、これしたらダメと子供たちを頭ごなしに押さえつけてしまうようなことを言う。親たちは、それを言うことによって、自分自身が満足するだけであって、子供たちにはストレスとなって、心のどこかに残ってしまうのだよ」

「そう言われれば、内の奥さんも子供に今言われたようなことを言ってましたね。私も、あーこれは躾けなんだなと、何の疑問も持たなかったです。でも、今の先輩の言葉を聞いて、違うんだなと感じました」

「そうなんだ。今の家庭では、大部分が怒ることが躾けだと考えているんだよ。だから、まず親たちの方が変わらなければならないんだ。

井上、自分たちが子供の頃を思い出してみろよ。親からかまわれたことなんか少なかったろう。もう自分たちで好きなことをやっていたと思わんか」

「いや、私は親から、あれダメ、これダメと言われていましたよ」

「そうか、俺は子供の頃、好きなことして遊んでいたな。叱られる時は、相手の子を怪我させたとか、夜遅くまで遊んで帰らなかったことぐらいだな」

「そうなんですか。私と先輩の大きな違いは、子供の頃にさかのぼって考えなければいけないんだ」

「そうだな。ひとつの大きな要因であるかもしれないな。俺が思うには、子供が生まれてきた時は、皆最初は、同じではないかと思う」

「どう同じなんですか」

「いろいろな親から生まれてくるわけだから、DNAが違うのはあたり前である。しかし、基本的なことは、そう変わらないのじゃないかなと」

「ふーん、そうなんですか」

「それが、いろいろと違う性格の子供たちに分かれていくのは、成長していく段階で、違う環境、違う人間関係によって、勉強の出来る子、出来ない子、スポーツの出来る子、出来ない子、明るい子、暗い子などに分かれてくるんだよ」

「へぇー、そういうもんなんですか」

「そう、どんな子供でも、人より優れたところは必ずある。それを、親の勝手でその子供の良い部分を殺してしまうことをやってはいけない」

「どういうことですか」

「子供は、昔のようにもっと伸び伸びと遊んだり勉強したりしなければならない。子供だけでなく、大人にもあてはまるのだが、自分の頭で、あーでもない、いや、こうでもないといろいろ自分自身の考えで、行動に移すことが一番大事なんだよ」

「ふーん」

「今の親は、子供たちが何かをする前に、これはダメ、あれはダメ。してからも『何してんのもうあんたわ』と言ってしまう。

子供たちが行動をする前に、すべて親がほとんど判断してしまう。そのために子供たちは何か新しいことをしようとすれば、また親に言われるという、一種の恐怖が躰を走る。このようなことになると、子供たちの伸びようとしている芽をつんでしまうのである。

子供であれ、大人であれ、人間は自分の頭で考えて行動していかなければ、一向に前へは進めないのである。

人は何かをして、失敗すればそこで立ち止まって考える。中には考えられない人もいるかもしれない。だが、ほとんどの人は考えることが出来る。そういう風なことを繰り返し繰り返ししていくうちに、どんどん、どんどん新しい物を取り入れて自分の力になっていくのだ。

子供たちが成長していく過程で、上から押さえつけるような言い方をすれば、その子の可能性を親自らの手で奪いとっているようなことになるのである」

「へぇー、そうなんですか。さっそく、内の奥さんに今の先輩の話してみますわ」

「でもな、こればかりは難しいぞ」

「えっ、どういうことですか」

「お前の奥さんに話しても分かるかどうか分からんぞ。たとえ理解出来たとしても、急に変わるのは難しいぞ」

「どうしてですか」

「俺の上さんも、頭では分かっているが、なかなか出来ないもんな」

「それは先輩の奥さんだからでしょ。内の奥さんは、私より出来がいいので、そんなことないと思いますよ」

「それじゃあ、俺の上さんの方が出来悪いと言うんか、怒るぞ！」

「いやいや、そういう意味じゃないですよ」

「それじゃどういう意味なんだ」

「すみません。私の言い方が悪かったです。怒らないで下さいよ（小さな声で）もう気が短いんだから」

「なんか言ったか」

「いえいえ、別に……」

「まぁ、一度奥さんに話してみぃ。俺の言ってることが合ってるか、間違ってるか、分かるからさ。女性でも男性でも、人間という生き物は、そう簡単に自分を変えることは出来ないんだよ。仕事でもそうだろう。ひとつのジョブを仕上げるには、時間とお金がかかるだろう、それと同じなんだよ」

「じゃあ、内の奥さんに言ってみますわ。もし、内のが出来るようになれば、先輩どうします」

「えーと、そうだな。今の上さんと別かれてお前の奥さんと結婚するわ」

「えっ、せんぱーい、それはダメですよ」

「まぁ、心配するな。そんなことどう転んでもなりっこないわ。お前が惚れた女だからな……」

「それはどうも。何か変な感じだけど、まぁいいや」

「井上、今の話で、両親が指導者の中で一番重要だと言うことが分かったか」

「そうですネ。六、七割ぐらいは理解出来ました。残り三、四割は、もっと掘り下げて説明してもらわないと。理解出来ないですネ」

「そうか、俺ももっと勉強しとくわ。それから、井上、次に指導者として重要なのは」

「当然、学校の先生ですネ。でも、今の先生ってどうなんですかネ」

「どうと言うと」

「昔みたいに毅然とした人が少なくて、なんか、なよなよした人が多いような気がするのですが」

「そうだな、先生もやっぱり時代の流れと共に変わってきているな。

一番大きな要因は、昔は、親が『あーだの、こーだの』と口出ししなかった。すべて先生に任せていた。それは、親たちが忙しく子供の人数も多かったため手がまわらなかったという理由がある。逆に今は、親が学校へ『あの先生が家《うち》の子を叩いた。親の私たちでさえ叩いたことがないのに』と文句を言う。過保護な親たちが増えてきた。先ほどの話にも通じるがね」

「そうですネ。先輩、今の親たちは学校で何か問題が起これば、すぐ教育委員会へ言う。そうすると、先生たちは思いどおりの教育が出来ない。昔なんか、先生に叩かれたら、もう一回叩かれてこいと言われましたよネ」

「そうなんだ。しかし、そればかりではないぞ。先生の方も弱くなっているんだ」

「と言いますと」

「昔の先生は、子供たちに対して、もっと情熱があった。今先生をしている中で、情熱を持って指導している人は少なくなっていると思う」

「どのような理由があげられますか」

「そうだな、まず公務員であり、老後の生活は安心なので、定年まで続ければいいかぁという人。情熱を持って入って来たが、思うとおりに行かず、空回りしている人。自分は教師には向いてないのかなぁと思っていて、辞めたいが今の時代やりたいこともないし、辞めても職がないという人などがいて、子供たちの方へ目を向けずに、自分のことを中心に物事を考えている先生がそこそこおられる。どんな仕事でも、優先順位というものがある。教師という仕事においての優先順位では、子供たちのことを第一に考えて指導していくことではないのか。そのことを忘れているんじゃないのか。このような先生たちに教えられている子供たちが、いい方向へ進むわけがない」

「それなら、どうすればいいのですか」

「先生を教育するシステムを別に作らなければならないと俺は思うのだが」

「どんなシステムですか」

「まず先生を指導することの出来る人を探してこなければならない」

「どのように」

「それが問題なんだ」

「それじゃあ、話は前へ進まないじゃぁないですか」

「そうだな、すまん。だが、それから先は、考えているんだ」

「聞きましょう」

「まず、現在の先生と一対一で話し合う、徹底的に話し合う。その中で先生たちが、やる気を起こして、自分自身を変えなければならないと思う人が出てくれば、しめたものなんだ。それでも変わろうとしない人には、他の道を手助けしてあげなければならない」

「先輩、そこまで面倒を見てあげなければならないんですか。そんなんだから、まともな教育も出来ないんですよ」

「俺も昔まではなら、お前と同じ考えだった。今までいろいろと経験してきて分かったんだが、このような人間が、世の中には大勢いるんだ」

「そうなんですか」

「この人たちにも家庭があり、子供たちもいるわけだから、この人たちの生活を毀す権利はないので、ある程度までは面倒を見なければならないのだよ」

「なかなか大変なんですネ」

「でも、教師ばかりが悪いわけではないと思うんだ」

「と、言いますと」

「会社にしろ、教育にしろ、きっちりとしたシステムを作っていかなければならない。その中で、ひとつのポジションごとの役割を完璧にこなしていく。今、どこの業界においても、この役割を完璧にこなしていないために、いろいろな問題が起こってきているわけなんだ」

「へぇー、そうなんですか」

「スポーツの世界でもそうなんだ。例えば、野球の場合、監督には監督の役割、コーチにはコーチの役割」

「先輩、そんなこと当たり前じゃないですか」

「そうさ、当たり前だよ。その当たり前のことが出来ていないのが実に多い。野球は、相手チームより一点でも多く取ればいいゲームである。その一点を取るために、ゲームの中ではいろいろな役割がある。その内容を話していると大変長くなってしまうので簡潔に言うと、監督がその役割を担っている。ゲームに勝っても負けても、すべて監督の責任である。会社においても、業績の良い悪いはすべて社長の責任。教育の現場においても、問題が起ころうとも起こらなくとも、すべて校長の責任である」

「そうですネ、今の世の中、トップがしっかりしていない会社は、いろいろな問題が多いですネ」

「そうだな。自分のした失敗でも部下に押しつける。自分がここでは一番偉いんだと感違いしているからだろうな。しかし、今のこの世の中、目標を持って生きて行こうと思えば、並み大抵のことでは生きて行けない。井上、お前も分かるだろう」

「そうですね。失業率は増える一方だし、景気が回復する見込みは当分ないし、これだけが原因ではないと思いますが、希望の持てない国になってきている。当然、子供たちにもそのように写るのではないですかネ」

「そうだな、明るい光と言えば、野球・サッカー・水泳などのスポーツ関係だけだな」

「先輩、喋ってばかりで、焼肉食べてますか」

「俺か、俺は焼肉よりもユッケとか、生レバーが好きなんだ。焼いた肉はもう飽きてしもうたわ」

「へぇー、先輩、飽きるほど食べはったんですか。羨しい」

「その代わり、お前が食べれば、もっと注文しようか」

「そうですネ。そしたら後ロースとカルビを一人前ずつ」

「おーい、お姉ちゃん、ロースとカルビ一人前ずつ。それと生を二つな。それにしてもえゝスタイルやな。今晩これから飲みに行かへんか」

「せんぱーい、もう、一言多いんだから。ごめんな冗談やから」

「お前、何言うてんね。冗談と違うぞ」

「はいはい、分かりました。私が悪うございました」

「まぁ、えぇわ。今日は持ち合わせがないから」

「先輩、その性格直りません」

「なんで直さなあかんのや」

「だって、いっしょにいる私が恥かしいですもの。周りから私も先輩と同じように見られるから」

「何をおっしゃるうさぎさん……お前な、周りのことばかり気にしていたら、何も始まらんぞ。典型的な日本人だなお前は……」

「そうですよ。どうせ私は進歩がないですよ」

「分かっているのなら、なぜ変えようとしないんだ」

「だって、人間的に弱いから」

「井上、それは違うぞ。誰もお前が弱い人間だなんて思っていないぞ。お前自身の中でそう思っているだけなんだ」

「そうですかネ」

「そうだとも、人間という動物は弱い動物なんだ。最初から強い者などいない。弱いから強くなろうとして皆努力し、頑張るわけ。そうすると、それが自信になり、ひと回りもふた回りも大きくなると俺は思うのだが」

「うーん、考えて見りゃぁ私。あまり努力していないですわ。素晴らしい取引先の社長とお会いしてから少しの間は頑張っていましたが、長続きしなかったのです」

「お前の場合は、努力が自信につながらなかったんだな。そこであきらめずに、もっと努力すれば自信に変わったと思う」

「ふーん、そうなんですか。先輩、お願いがあるのですが」

「なんだ」

「これから、私にいろいろとアドバイスして頂けたらなぁと」

「それは構わないが、どんなことでもか」

「えぇ」

「女のことでもか」

「いえ、女性のことはいいです。奥さんもいてますから」

「そうか、まぁお前の力になれるように、俺も頑張るわ」

「宜しくお願いします。私も少しずつ頑張ります」

「ここまで、いろいろな指導者の話を簡単に喋ってきたが、お前はどう感じた」

「そうですネ。私は、今までほとんど指導される側だったので、指導する方はあまり真剣に考えたことありませんでした。でも、先輩の話を聞いて大変勉強になりました。良い指導者よりも悪い指導者の方が多いと……えーと、悪い指導者の元で働いてる……おっ、大人たちや、指導力のない、きょっ、教師の元で学んでいる子供たちが、大勢いるということですよネ」

「お前、なんでおどおどしながら、喋べるんだ」

「だって、分かっているかどうか自信がないんですもの……」

「分かっていようが、間違っていようが、構わないじゃないか。周りのことなど気にせず、自分の思ったこと、感じたことを言って、それから判断すれば、それがお前の壁になっているんだよ。これはお前だけでなく、世間にもお前みたいなタイプはそこそこいてるなあ」

「そうなんですか。ちょっと安心しました」

「何を言ってるんだお前はー、……。まぁえーわ。それよりか、なぜお前がそうなるのか、これは、お前が子供の頃に、親から、もしくは先生から『それは違うでしょ、間違ってるやろ、何回言ったら分かるの』という風に怒られたことを躰が覚えていて、これを言ってもいいのかなぁ、言ったらまた何か言われるんとちがうかなと不安になる。それが原因だと」

「そしたら、この壁を破るにはどうすればいいんですか」

「そうだなぁ。まず、恥をかくことを恐れない。周りの意見に左右されないで、自分の意志をはっきりと持つこと。後は、そうだな、苦労して努力して自分に自信が持てるようになること。そんなことかな」

「先輩、簡単に言いますけど、簡単には解決出来ないですよネ」

「当たり前だろう。簡単に出来るようであれば誰も苦しまないわ。反対に、簡単に出来ないから解決出来た時の喜び、満足感がたまらなくいいんだ。それを味わえたらお前もひとつ壁を破ったことになる」

「そうですか、ちょっと生まれ変わった気で頑張ってみようかな」

「そうだ、死ぬ気で頑張ればなんとかなるさ」

「ありがとうございます」

「ほかに感じたことはないか」

「そうですネ、後は、私も二人の子供の親なので、子供たちに対する教育を真剣に考えなければならないと。子供ばかりが勉強するのではなく、両親も子供といっしょに、いろいろなことを学ばなければならないと思うのですが」

「おー、なかなかいい所に気が付いたな。そう、大人と言っても、ただ子供たちより早く生まれただけで、何ら偉いわけでも賢いわけでもない。人間は、死ぬまでずぅーっと勉強、勉強」

「さすが先輩、いいこと言いますネ」

「井上、俺もここまで偉そうなことを言ってきたが、人を教えて育てていくということは、大変骨の折れることなんだ」
「そうでしょうネ。誰でもが指導者になれるとは限らないですよネ」
「当然、そうだな」
「どういう人が、なれるんですか」
「難しい質問だな。えーと、そうだなぁ、まず、
人の意見に左右されない人
自分自身を殺せる人
相手の気持ちが分かる人
努力をおしまない人
観察力のある人
健康に気を付けている人など、これらの要素を持っている人は、指導者に適しているのではないかなと俺は思う」

「へぇー、そうなんですか。私にはほとんど当てはまるものはないですネ。つまり、私は指導者としては適さないということですネ」

「そうだな、今の段階ではちょっと無理だな。でもな、人間は変わろうと思えば変わることが出来る。だから、これから先のことは分からんぞ」

「いや、私には向いていないと思いますわ。それに、指導者になりたいという気持ちが沸いてこないですもの」

「それが正しい判断だと俺も思うわ」

「そうでしょう」

「そうしたら井上。指導者にはどういう風な人がなれるのか、もう少し詳しく説明してみようかと思ったが、お前にはもう関係ないから止めておこうか」

「いやいや、これからのために聞かせて下さい」

「そうか、じゃあ言っておこう。まず一番重要なことはだな。健康が第一だ。健康でなければ何も始まらない。これは指導者だけでなく、他の仕事、スポーツ、勉強においても同じことである。指導者は、自分で自分の躰のチェックが出来なければならない。そうしなければ、人を教えることなど到底出来っこない。

次に重要なことは、相手に対して、何事においても否定から入るのではなく、肯定から入るようにしなければならない」

「それはどういうことですか」

「勉強やスポーツを教えていく中で、相手が、もうこれは理解出来ない、無理だと判断しないで、この子は、必ず理解出来ると信じて教える側が頑張っていくこと。

そのことが理解出来ないのは、教えられる側が悪いのではなく、教える側が悪いぐらいに考えなければならないのだ」

「ふーん、そういうことですか。なかなか難しいですネ。やっぱり私には無理ですわ」

「もうひとつ重要なのは、教えられる側が、自分自身でやる気を起こしてやらなければ、いくら教える側が頑張っても何も前へは進まない。簡単に考えれば、教える側は、教えられる側がやる気を起こし、自分の考えで物事が言えるように持っていってあげればいいと思う」

「でも、それが難しいことなのですネ」

「そう、口では簡単に言えるが、実行に移すことは、大層骨の折れることである」

「先輩、もう食べる物もなくなってきたことだし、帰るとしますか」

「そうだな、ちょっと待ってくれ、もう一言だけ言わしてくれ」

「なんですか」

「今の世の中で、もがいている大人たちや子供たちに言いたいのだ」

「どうぞ」

「生まれながらにして人間は、他人《ひと》より優れているところは、必ずひとつは持っている筈である。言い変えると、自分に向いていることは必ずある筈である。それが、すぐに見付かる人もいれば、なかなか見付からない人もいる。見付かった人には、これからの人生が有意義な物になり、見つかっていない人には憂うつな人生が続くだろう。しかし、見付からない人は、それを見付けることが最大の目標になり、また違った人生を送れるのではないかと……」

「なかなか先輩、考えてますネ」

「いや、最後にこれだけは言っておきたかったんだ。せっかくこの世に生まれてきたのだから、有意義な人生を送りたいじゃないか。井上、そう思わんか」

「そらそうですよ。何か世の中にひとつ残して死にたいですものネ」

「そうだよな。生まれて来た価値がほしいものな。それと、今、元気のないこの世の中を変えるには、指導する立場におられる人たちが、自分のことばかり考えるのではなく、自分より下の弱い者をひとつでもふたつでも階段を登ってこられるように、サポートしていってほしいのである。そうすることによって少しずつでもいい方向へ変わっていくと俺は思うのだが……」

「そうですね。出来る人が私のような出来ない者に手を差し延べてくれればありがたいのですが」

「そうだな。しかし下の者はそのことに甘えずに、そこから上の人たちよりも、もっともっと努力して、いずれは上の人たちをも追い越して行かなければならないのだぞ」

「そうなんですか」

「そう、今の世の中を変えるには、指導者だけが努力するのではなく、指導される側も努力しなければならない。

すなわち、国民ひとりひとりが努力に努力を重ねて、日本全体を底上げしてゆけば、明るい未来が待っているのでは……」

「そうですね。先輩、皆が頑張ればいいのですね」

「そういうことだよ」」

「先輩、もういいですか。いい残したことはないですか」

「いや、まだまだ言いたいことは山ほどある。今度は鮨でもつまみながら話そうか」

「いいですネ」

「お姉さーん、お勘定」

「先輩、今日のところは私が出しますわ」

「いや俺が出すわ。次の時はお前に頼むわ」

「そうですか、それじゃあお言葉に甘えてご馳走になります」

「お姉ちゃん、こんど飲みに行こな」

「せんぱーい、またぁー」


（つづく）

著者プロフィール
ヒデサキ（本名：宮城《みやぎ》 浩《ひろし》）
昭和35年11月10日生まれ。大阪府出身
関西大学工学部管理学科卒業
趣味：麻雀・野球
好きな言葉：「変わらなければ」

今の世の中を変えるには？

2004年2月15日　初版第1刷発行

著　者　ヒデサキ
発行者　瓜谷 綱延
発行所　株式会社文芸社
〒160-0022　東京都新宿区新宿1－10－1
電話　03-5369-3060（編集）
03-5369-2299（販売）

印刷所　株式会社平河工業社

ISBN4-8355-7144-4 C0095